令和川柳選書

壽と書くオムライス

植竹団扇川柳句集

Reiwa SENRYU Selection
Uetake Dansen Senryu collection

新葉館出版

令和川柳選書

壽と書くオムライス

■目次

令和川柳選書

壽と書くオムライス

Reiwa SENRYU Selection 250
Uetake Dansen Senryu collection

第一章

杜甫かヘッセか

朝餉明け六つ夕餉暮れ六つ

嵐呼ばぬがぼく雨男

蟻に比べて蚯蚓晩婚

牛に引かれて俄か信心

馬は鼻の差ヒトは胸の差

栄誉の化石辞退出来ない

大口叩き幅ったい口

送り火忘れ母帰れない

送る言葉の事情様々

おじさんのチョキ混ざる親指

傾げる度に長くなる首

風の匂いも読む風見鶏

風任せだが風に頼らぬ
肩を怒らせ腰が砕ける
肩を叩かれ悟る潮時

ガラケースマホ迫る乗り換え

器用なチョキに並ぶ白魚

休業支援あるやパチプロ

キラキラに飽き流行るシワシワ
口数多く舌が足らない
口笛吹けど猫は踊らぬ

グレタの叫び聞く気ない耳

子が鋑で孫蝶番

極寒だって産む温暖化

坂は登りが多い錯覚

サザエと互角競うジャンケン

サルの人真似ヒトの猿真似

残念ながら寅は辰年

舌が縺れて目が泳ぐ嘘

じっと手を見る暇のない蟻

耳目ほどには驚かぬ鼻

蛇の目の傘に隠す道行

昭和歌謡はもはや懐メロ

ずぼらな質でグウばかり出す

スマホで足りる落語懐メロ

掏摸も仮装を凝らすハロウィン

税で政党助成理不尽
清と濁とを併せ飲む酒
税ふんだくり給付ばらまく

袖引き合うもそれなりの仲

体感決める風とお日様

タッチと見せて肘の鉄砲

誰も彼もがマスク黄昏

短気は損気ノンキ一番

小さい秋も過ぎて春菊

乳首に劣る手首足首

中止ばかりを告げる回覧

杖を頼りに励むお百度

妻の気圧に上がる血圧

旋毛と臍が逆に捻じれる

手締めの後も飲んべダラダラ

てんてこ舞いはぼくの持ち技

杜甫かヘッセか思案雪道

年輪重ね広くなる顔

喉から出る手涎たらたら
呑気に見せて気概溢れる
白衣で下がる仮面血圧

白紙委任でないぞ白票

挟んで繙る耳のアンテナ

ハンカチ探すうちに乾く手

膝カックンが狙う膕

肘より膝の枕贅沢

一言多い小言幸兵衛

独りぼっちを気取る数独

膨らむほどに白くなる鼻

ふたつ飛ばして出たオミクロン

僕を見つめる乙女近眼

歩数計ゼロ支払いもゼロ

マーカー引いてカンペ棒読み

マスクしている渋谷ハチ公
街の灯りはチラチラで良い
髷は結えぬが月代はある

眉と睫に化粧手間取る

丸い土俵を仕切る角界

右手で擦る冷えた左手

眉間にないが脛にある疵
耳なら貸すが金は貸せない
目尻を下げて上げる口角

目の鱗落ちレンズ交換

目ばかり据わり腹が据わらぬ

野次は飛ばさぬ見物の馬

楽天的なパーの無防備

楽々片手前夜パーティー

レンジと競う鍋の圧力

Reiwa SENRYU Selection 250
Uetake Dansen Senryu collection

第二章 貫く忘己利他

新しい化石のような資本主義

嵐二人に遠く及ばぬ四人組

アメ横の混雑だけを見て帰る

アルコール消毒し合う腐れ縁

井戸端も国連も気候変動

飲酒肉食白寿貫く忘己利他

飢える子を避けて聖火が走り抜け

裏か表か茶道でなくて金の事

炎上と呼んで貰えぬウサギ小屋

落ち葉焚き絶えて久しい曲がり角

温暖化ミニ氷河期へ助走する

温暖化予測した物理学賞

回復と限らない重症者減

学費医療費受益者負担振り翳す

罵られて笑顔が凍るチャンピオン

彼方に眺める皇室の揉め事
軽石と軍事費ばかり増えていく
記憶にはないが私の声でしょう

気に染まぬシナリオゆえの読み飛ばし

逆切れと見出しの付いた辞任劇

クーポンと現ナマにあるタイムラグ

腐った鯛に殺された公務員

車引かずにお茶を挽く浅草寺

迎賓館と原爆ドーム不釣り合い

公衆トイレ他の物には手を触れぬ

小三治の長い枕も北を向く

ご指摘は当たりませんと繰り返す

サーローの声を聴くかが試金石

再放送と知れるマスクのないドラマ

自営業自衛せよとは酷いこと

自粛から自衛に続く自暴自棄

指名手配の顔もマスクを付けられる

釈迦力になると横綱叱られる

しゃしゃり出て物議を醸す元総理

祝宴に招かざる客ギリシャ文字

出陣も退陣も潮時がある

じゅん散歩スケッチブック欠かせない

四六時中我田引水ツイッター

杉田事件と遣り過ごせない許せない

浅草寺の赤提灯も寂しそう

線路置き去りにし廃線と言う

空耳だろうか遠く聞こえる笛太鼓

太閤も首を傾げる都構想

濁流に日本列島劣化する

脱炭素加速しますと付け焼刃

茶髪からツーブロックへ剥く白目

妻とボク贔屓が違う深夜便

妻は私人で息子は別人格

吊し上げ食ってしまった叩き上げ

手間賃の意味を知らない時間給

天気予報に炭素濃度を追加する

都と国を行きつ戻りつする女帝

寅さくら次に控えるリリー像

虎よりも猛き苛政に挑む春

何度でも再生に耐える玉音

にぎにぎがチップの類だった頃

眠るより踊る会議は望ましい

脳があるのか狡猾なのか爪隠す

ハグ握手消され残った肘タッチ

白票も白紙委任と数えられ

橋のない川にも降った黒い雨

流行り歌音頭手拍子ない五輪

ピカドンの影を鞭打つ黒い雨

人様のメダルを齧る名古屋弁

独り淋しく飲む酒までも取り締まる

吹けば飛ぶ駒に八つのチャンピオン

不倫会見惚気話に聞こえぬか

閉店に勝手ながらと書く無念

防衛費だけなら群を抜いている

ポツンにはポツンと暮らす訳がある

骨太の方針にない骨密度

またひとつ老舗の灯り消すコロナ

町中をウーバーだけが駆け回る

ミシュランの星の数より補償金

無観客であってはならぬ選挙戦

息子にも他人行儀の自己保身

ムンクより深刻なグレタの叫び

目出度さも中くらいなり二度の春

有給の休暇の取れる被告席

夕焼けチャイム本日の感染者

宵祭り無念コロナに不戦敗

乱心を諌める者のない与党

乱筆乱文と達筆の嫌味

リトルボーイと改名したらジャイアンツ

Reiwa SENRYU Selection 250
Uetake Dansen Senryu collection

第三章

振り向くシクラメン

赤い靴青いハートで里帰り

赤いグラスにトマトジュースは注がない

新しい朝聴いて体操した気分

井の中の蛙お山では大将

インク代向こう払いのファクシミリ

烏龍茶飲んで酒場の放浪記

迂闊にも献血出来ぬ歳になる

応接間だけで仕事の済む徹子

お受験の代理戦争ママ出張る

落としたか持たずに出たか電話する

驚いたように振り向くシクラメン

お坊様勝手な場所で息を継ぐ

オリエンタルの謎は秘めない母の味

書留を香典袋重くする

加齢臭しても年寄り臭くない

缶詰の鯖や鰯の骨密度

関白にも案山子にもなるさだまさし

気の毒で配達遠慮瓶ビール

金欠は酸欠よりも耐えられる

グラス升皿へと順に溢す酒

来る頃と期待している一軒家

ケチャップで壽と書くオムライス

口角を上げ目尻を下げる稽古する

広告のスキップ不要広辞苑

財布忘れて愉快な筈がないサザエ

酒癖を徒然草に叱られる

幸せも迷惑もある有難う

自己顕示諌めてくれる達磨さん

下唇に助太刀される爪楊枝

勝負する目鼻立ちより面構え

小便器の断り書きの御丁寧

所在の知れぬ癇の虫癪の虫

人生の消化ゲームにある余裕

咳嚏と我慢比べをする欠伸

接待とカッパえびせん止まらない

前衛がずっと居座る九人制

銭湯で前を隠さぬ人ばかり

大志より野心と訳すべきだった

炊き立ての飯と味噌汁具沢山

戯れに妻を背負うと歩けない

着いて行くには心許ない渡し舟

繋ぎにも二分ほどの意地二八蕎麦

出遅れよりも始末に悪い先走り

手癖より始末に負える口の癖

手のひらのスマホに世界閉じ込める

寺方の出身でない布施明

道頓堀で掛け損なって残る悔い

透明人間のお仕事はムショク

どう読むかチャイム鳴らして聞いてみる

遠回りしてもシルバーパスで行く

独身と夫婦の日並ぶ霜月

共白髪僕は白髪でないタイプ

共倒れ覚悟の上で手を繋ぐ

南無阿弥陀仏渋滞の数珠繋ぎ

尿検査ならばいつでもスタンバイ

猫パンチ爪は立てないのがルール

猫踏んで一人前になるピアノ

のど自慢よりも謙虚な腕自慢

八兵衛に任せられない紋所

ビールから酒へ肴もチェンジする

ぴちゃぷの雨を知らない大五郎

必着は消印よりも居丈高

日の出日の入り列島の二時間差

ピンクの電話ピンクのちらしよりも稀

ブースカと古いオルガン愚痴ばかり

吹き出しに科白が欲しいシャボン玉

訃報欄知らぬ人にも手を合わす

分度器の世話にはならぬ台所

ポッポポポー時報何時か聞き逃す

褒められてどんなもんだと知能犯

本能か単なる癖か酒を飲む

本名は梅太郎ですタコ社長

満月に会うと遠吠えしたくなる

見返ると又のお越しという柳

餅よりも消化しやすい般若湯

門前の小僧罪のない盗聴

愉快犯などと呼ぶから付け上がる

雪ばかり名残惜しいと歌われる

夢芝居相応しくない披露宴

世の中の我慢ひとりで背負う鬼

立像よりも地代が嵩む涅槃像

レシピには名乗りを上げぬ隠し味

和紙の意地横紙破り許さない

悪知恵も浅知恵も貸す知恵袋

あとがき

5巡目ははっきり意識していたつもりだが、ついまどろむうちに、一駅二駅ほど乗り越したかなと思うほどに、鉄橋を渡りトンネルを抜けて、6巡目が終わりかけていた。

そんな折に、肩を揺すって「そろそろ三冊目はいかが」と声が掛かった。絶妙のタイミングであった。声を掛けられて、NOと応えた記憶がない質なので、安請け合いをして暇を見い見いのつもりが、暇とはおよそ縁のない日々で、一向に捗らない。どうにか84句×3章に整理整頓するまでに漕ぎ着けた。

『強制しないオムライス』は、在職中の2007年3月、立机250年に滑り込みで間に合わせた。『原発はゼロ尿酸値は8以下』は11年後の2018年の3月であった。あれから丸4年、少し短い気もしないでもないが、初心のオムライスに壽を添えてみることにした。

板橋区徳丸の住まいが40年強、文京区千駄木の務めが40年弱、妻との生活も45年になった。横着で自分からは求めて出歩かない質である。

池口吞歩師との運命的な出会いも、ふらり出掛けた隣町の展示会で『川柳成増吟社』の存在を知ったことであった。

《見る阿呆踊る阿呆にちょいと惚れ》を褒められたこと、『強制しないオムライス』の序文をお願いできたこと。すべて割り勘の二次会での十八番〈菊と兵隊〉が印象深かったこと。

今川乱魚さんの『東葛川柳会』を教えてくれたのは、職場に隣接する酒屋の地域寄席で遭遇した、彦六（当時は正蔵）のお弟子の桂藤兵衛さんだった。

《舌の先であら白滝が結べたわ》を褒められたこと。『団扇の川柳体操』を提案してくれたこと。「次の月例会には、わたしはこの世にいないでしょう」と笑顔で予告されたこと。

ことほど左様な塩梅で、東京番傘川柳社・川柳研究社（顧問）・川柳展望社など、みな人伝の案内から参加するようになった会ばかり。西來みわさんは同郷の方で《故郷が出ると家族を呼び寄せる》で大賞を頂き、津田暹さんは《日の丸を強制しないオムライス》を高位で選んでくれた方。

東上線の下赤塚駅前の小さな書店で、川柳マガジンに出会ってからは、箱根の山どころか、空路で北海道にまで足を運ぶようになった。もっとも、足を運ぶ目的は全国の川柳人たちと、句の出来栄えを競ったり、受賞の栄誉に浸りたいのとは少し異なる。実際、全国の「川柳マガジンクラブ句会」はどこも20人前後であるし、都区内で主催や講師をさせて頂いている句会は、「つ離れ」をしない会がほとんどである。他にも、いくつかの誌上や紙上で選を担当させて頂いているが、吟社で見聞する句に、引けを取らない作品に出会うことが多くなってきた。

川柳という言語表現が、他分野と競争的な共存関係を発展させていく過程を楽しみながら、いくらかでも貢献が出来たらばと思う日々を送っている。

植竹団扇

二〇二二年三月吉日

●著者略歴

植 竹 団 扇（うえたけ・だんせん）

1949年 8 月18日、長野県駒ケ根市生。文京区の私立駒込中高を退職して10年。在職中から、川柳成増吟社をスタートに、川柳マガジンクラブ東京句会、川柳展望社、東葛川柳会、川柳研究社などで活動。東京鶴彬顕彰会代表。著書に「強制しないオムライス」「川柳作家ベストコレクション 植竹団扇—原発はゼロ尿酸値は8以下」。

令和川柳選集

寿と書くオムライス

○

2022年 9 月23日　初　版

著　者

植 竹 団 扇

発行人

松 岡 恭 子

発行所

新 葉 館 出 版

大阪市東成区玉津1丁目9-16 4F　〒537-0023

TEL06-4259-3777㈹　FAX06-4259-3888

https://shinyokan.jp/

○

定価はカバーに表示してあります。

ISBN978-4-8237-1130-5